Ourika

CLAIRE DE DURAS

Ourika
The Original French Text

Edited by Joan DeJean

Introduction by
Joan DeJean and Margaret Waller

The Modern Language Association of America
New York   1994

Introduction by Joan DeJean and Margaret Waller
©1994 by The Modern Language Association of America
85 Broad Street, Suite 500, New York, New York 10004-2434
www.mla.org

To order MLA publications, visit mla.org/books. For wholesale and
international orders, see mla.org/Bookstore-Orders.

The MLA office is located on the island known as Mannahatta
(Manhattan) in Lenapehoking, the homeland of the Lenape people. The
MLA pays respect to the original stewards of this land and to the diverse
and vibrant Native communities that continue to thrive in New York City.

Cover illustration: *Portrait d'une négresse*, by Marie-Guillemine Benoist
(1768–1826). Reprinted by courtesy of La Réunion des Musées Nationaux,
Paris, France.

Texts and Translations 3
ISSN 1079-252x

Ninth printing 2022

Library of Congress Cataloging-in-Publication Data
Duras, Claire de Durfort, duchesse de, 1777–1828.
Ourika : the original French text / Claire de Duras ; edited by Joan DeJean ;
    introduction by Joan DeJean and Margaret Waller.
p.   cm. — (Texts and translations. Texts ; 3)
Includes bibliographical references.
ISBN 978-0-87352-779-8
1. France—Race relations—19th century—Fiction. 2. Women, Black—
    France—Fiction. 3. Africans—France—Fiction.
    I. DeJean, Joan E. II. Title. III. Series.
PQ2235.D6508   1994
843' .7—dc20   94-24650

TABLE OF CONTENTS

INTRODUCTION

Claire-Louise Lechat de Coëtnempren de Kersaint (1777–1828) was born into the generation and the class destined to feel most intensely and most protractedly the trauma generated by the French Revolution. Her father, the count of Kersaint, was a member of the liberal aristocracy that supported the Revolution during its early years. He refused to vote in favor of Louis XVI's execution, however, and shared his king's fate. After his death, Claire and her mother fled France, stopping briefly in Philadelphia en route to her mother's native Martinique to recover Mme de Kersaint's considerable inheritance. Their exile later continued in Switzerland and finally in London, with its important émigré community. There Claire met her husband, Amédée-Bretagne-Malo de Durfort, duke of Durfort and future duke of Duras, also a member of a prominent family that had been impoverished and decimated during the Revolution. They married in 1797; the couple was only able to return to France in 1808. After the Restoration of the monarchy in 1814, they embarked on something like the life they had seemed destined for at birth: the duke was given important functions at court, while his wife presided over a brilliant salon in their apartment in the Tuileries Palace.

vii

It was in her salon that she first told the true story of a black child brought back from Senegal shortly before the Revolution by the chevalier of Boufflers (who had served as governor of the colony), whose aunt, the princess of Beauvau, raised the child along with the princess's two grandsons. The story was so successful that its initial audience encouraged Duras to put it in writing. Like the most illustrious women writers of the Old Regime, from Lafayette to de Staël, Duras first became celebrated for her display of intelligence and conversational brilliance in the salons and only subsequently moved from this semiprivate arena to the public literary marketplace.[1]

Duras went public with her literary production as gradually as possible. When *Ourika* was first published, in 1823, the title page carried neither an author's name nor a date. More important, the novel was privately printed—only between twenty-five and forty copies were issued. The book did not remain a virtual secret for long, however. At least four new editions and reprints appeared in 1824 alone. The second edition was released in three printings of one thousand copies each. It sold out so quickly that, scarcely a month later, two thousand additional copies were printed. Two other editions that same year—the first a pirated one, the second an edition published in French in Saint Petersburg—confirm that, in a few months, *Ourika* had gone from being a story told privately in Duras's salon to being one of the most widely circulated novels of the day, a true best-seller. The year 1824 also saw the performance of no fewer than four plays based on *Ourika* and the publication of two poems inspired by the novel. Baron François-Pascal-Simon Gérard, court painter to Louis XVIII, made Duras's heroine the subject of a painting. *Ourika* was clearly one of those rare works that touch nerves acutely enough to become national obsessions.[2]

Duras's first novel is the story of a black child rescued from slavery and brought to France who believes herself to be like the aristocrats who raise her until she discovers racial difference and racial prejudice. This plot would hardly seem to be the stuff commercial dreams were made of in the France of 1824. Virtually from the beginning of its colonialist enterprise, France had instituted the most intricate official policy on race ever devised by a European nation. The earliest version of the Code Noir (the Black Code, or set of laws governing the status of slaves) was signed into effect by Louis XIV at Versailles in 1685. From then throughout the eighteenth century, the code was frequently reissued. The document became more specific in each revision, as legislators worked to close loopholes that gave some slaves rights and freedoms.

No questions inspired more obsessive rewriting than the interrelated specters of interracial marriage and the freeing of slaves. Whereas, for example, the original document provides that if a free white man in the colonies marries a slave woman, she is automatically freed, the 1711 version introduces laws forbidding interracial marriage (and therefore eliminating one means by which slaves theoretically could be freed). A last means of escape still remained, however: a slave brought to France by his or her master became free. Even this loophole was gradually closed by measures introduced in revisions of the code issued between 1716 and 1762. Finally, in 1777, the king forbade access to France to any "Black, mulatto, or other person of color," on the grounds that "negroes are multiplying every day in France" and that, as a result, "their marriages with Europeans are becoming more frequent" and "bloodlines are being altered" (Sala-Molins 220).[3]

During the Revolution, laws were introduced to grant equal rights to freed slaves. However, as soon as the French learned of the slave insurrection and the massacre of settlers in Santo Domingo (among the most repressive colonial regimes) in 1791, the fledgling French abolitionist movement was all but wiped out. A law abolishing slavery (although not the slave trade) was passed in 1794 but never went into effect; the Code Noir was reimposed in 1802 and reaffirmed in 1805.

The French abolitionist movement had returned to life in the decade before *Ourika*'s publication, and the new abolitionists were particularly active in the early 1820s (Daget 530–31). Against that background of controversy, we can best measure the novel's audacity. Not only was Duras's heroine brought to France after the law forbidding the country to all people of color had gone into effect; once there, Ourika proceeded to live out the very scenarios that French law had been attempting to ward off for a century and a half: she believes herself the equal of the French and even dares to fall in love with one of them.

It is astonishing that the French public—a public that had been exposed to little dialogue about slavery other than the Code Noir's ever-wilder fantasies of the black threat to French racial purity—would make *Ourika* a resounding commercial success. It is hardly less astonishing that such a story could have been produced under the Restoration and by someone surrounded by members of the court of Louis XVIII and the most prominent newly returned aristocratic émigrés. For in today's terminology Duras's milieu would be called not only the Right but the extreme Right—"the whitest of all white worlds," in John Fowles's apt characterization (*Ourika* [Austin: Taylor, 1977] 64). *Ourika*'s success is amazing; it is also a tribute to Duras's successful manipulation of public opinion on behalf of the newly regrouped abolitionist movement.

Even more remarkable than Duras's decision to treat this subject is the manner in which she did so. Previous portrayals of Africans in the French tradition are timid and vague. Olympe de Gouges's *L'esclavage des noirs ou l'heureux naufrage* (1789) and de Staël's *Mirza* (1795) seem contrived, humanitarian efforts: the black characters introduced are used to provoke reflection on the plight of slaves; they are not seen as individuals with psychological depth.[4] When *Ourika* is compared with these works, its originality and its author's daring are evident.

With Ourika, the first black heroine in a novel set in Europe and the first black female narrator in French literature, Duras created an African character who is truly an individual and not simply a type. In the words of John Fowles, who did the translation for the companion volume of this book, the novel is the "first serious attempt by a white novelist to enter a black mind" (foreword xxxii). Ourika comes into her knowledge of herself through a powerful confrontation with her *négritude* (to borrow the classic term, made famous by Aimé Césaire and Léopold Senghor, for the development of racial consciousness), a confrontation that, in Duras's portrayal, is above all painful. From this point on, Ourika lives her life primarily not as a woman but as a black woman. After Ourika's awakening to her racial difference, all essential experience reaches her through the filter of her racial consciousness. She obsessively veils and covers any exposed skin, driven by the constant awareness that the simple fact of her color irrevocably separates her from the French society to which she had originally felt she belonged. With Ourika, Duras created a heroine designed more than anything to make the experience of prejudice as it is endured by its victim, and especially as it was endured on French soil, a reality for the French public of 1823. It seems hardly surprising that the French colonists on islands like Duras's mother's native Martinique were said to have been outraged by the novel's publication (Hoffmann 225).

Indeed, in the intricate political context in which she sets Ourika's tale, Duras includes only one element that could have made her novel's placement more palatable to the vast conservative public of her day. Very few previous literary works depicted life during revolutionary times—de Staël's *Delphine* (1802) is a notable exception—because censorship under all successive regimes had rendered the subject taboo. Duras, however, evokes the day-to-day existence of those aristocrats who had chosen to live out the Revolution on French soil. And, whereas de Staël chooses prudently to end her novel's action in September 1792, just before the outbreak of the Revolution's most extreme violence, Duras has Ourika tell us how the aristocratic circle she lived in experienced the full span of the Revolution, even the Terror.

Yet *Ourika*'s portrayal of revolutionary violence is complicated by its heroine's racial consciousness. In the paragraph before Ourika starts to evoke the beginning of the Terror, she describes her reactions to two events central to the French history of slavery: the official debate about the freeing of slaves (which inspires in Ourika the realization that there are others like her) and the massacre of whites by slaves in Santo Domingo (which adds to her shame because she then feels that she belongs to "une race de barbares et d'assassins"[20]).

Duras's novel may be thought of as a web of contradictions: a masterpiece of abolitionist literature that also compares the suffering of slaves with that of aristocrats during the Revolution; a work presenting the first fully drawn black character in European literature who is ultimately destroyed by the very range and intensity of her emotional responses—by her compassion for all those who suffer, regardless of race, class, or gender, as much as by her unrequited love for a white aristocrat. That the novel is built on unresolved and unresolvable contradictions makes *Ourika* the ideal lens through which to view France in the early 1820s—a country that had known a series of wildly different forms of government in the previous thirty-odd years, a country still emerging from the horrors of the Revolution, a nation with a long struggle ahead over its official racial policy.

Slavery finally became illegal in the French colonies in 1848.

Joan DeJean
University of Pennsylvania

———·◆·———

In 1822, the duchess of Duras, ill and depressed, retreated from Parisian court life and the company of her husband to her country estate. There, at age forty-five, and in the space of one extraordinary year, she drafted five novels, among them *Ourika*. The wealthy Duras was clearly not writing for money, nor, she insisted to the elite inner circle to whom she read her manuscripts, was she writing for fame. Given prejudices at the time against women writers, her professed desire for privacy is hardly surprising. Nevertheless, Duras *did* finally make her writing public.

Duras's first work, *Ourika*, appeared in a limited private edition in 1823, and two years later her second novel, *Edouard*, was published in a similar format. Though no name appeared on the title pages, the socially prominent author's identity was an open secret, which perhaps helped fuel the demand for many more editions of both works. Meanwhile, however, rhymed verse mocking Duras's literary pretensions began making the rounds in Restoration social circles. Furthermore, although middle-class male writers such as Stendhal praised Duras's work in the press, they resented her success and social status and accused the author of affectation and vanity. When word spread about the audacious idea for Duras's third work of fiction—male impotence—Stendhal and his friend Henri de Latouche wrote anonymous novels on that subject and published *Armance* (1827) and *Olivier* (1829) in a similar format to pass off their work as hers and capitalize on her fame. Duras never published her third novel or any of her other works of fiction, and the public scandal created by Latouche's and Stendhal's impostures may have played a role in her silence. Until the republication of Duras's works in the 1970s, references to her fiction were found only in the footnotes of the Romantic canon, which is considered to have begun with *René* (1802), a novel by François-René de Chateaubriand, Duras's close friend and political protégé.[5]

In the countless Romantic works inspired by *René*, the protagonist is portrayed as an alienated genius alone with his melancholic thoughts. In Duras's *Ourika*, however, the French Romantic hero is from Africa, and she is black. Indeed, Duras's novel demonstrates that feminized and debilitated as male heroes were by the famous *mal du siècle*, or malaise of the age, they still enjoyed the privileges of upper-class white men.[6] Whereas in traditional Romantic novels, the heroes' predisposition to self-absorption and solitude excludes them from society, for Ourika, it is society that imposes her marginalization. As a woman living in the eighteenth century and as a young girl bought out of slavery and given to a noblewoman in France, Ourika derives her sense of self from her value as an object of social exchange and from the tenuous identity she creates for herself as a subject. The traditional Romantic hero flees society and roams aimlessly in search of a home he will never find. Ourika, by contrast, lacks the prerogative of mobility. Her social exclusion instead produces a paralyzing sense of psychological alienation that wreaks havoc not only on her soul but also on her body.

Narrated by that modern representative of secular authority—a doctor—*Ourika* is one of the earliest examples of the pathologizing of emotion in literature, and her symptoms as well as their "cure" are now classic. Severely depressed, Ourika is also feverish, insomniac, and excessively thin. "C'est le passé qu'il faut guérir," decides the doctor, ". . . mais ce passé, je ne puis le guérir sans le connaître" (4). In her conversations with him, however, Ourika declares that she cannot remember her African past and that France, "cette terre d'exil" (38), is the only home she has known. Brought there at age two, she has made herself and been made in the image of the privileged Enlightenment society that took her in. She describes her childhood as an idyllic blur, dissolving the distinctions between herself and Mme de B., her solicitous adoptive mother, as well as Mme de B.'s grandson, Charles, whom she sees as her brother. So complete is her assimilation that she even feels "un grand dédain pour tout ce qui [n'est] pas ce monde" (8).

Once she is old enough to circulate in the marriage market, however, Ourika discovers in one searing moment that her blissful integration is an illusion: the only white man who might consent to have mulatto children would be a social inferior interested in Ourika's dowry. Thus barred by racial prejudice from a young heroine's ulti-mate rite of passage—love and marriage—Ourika instantly sees herself as the other: "toujours seule! jamais aimée!" (15). As a result of this painful enlightenment, Ourika learns not only to analyze and criticize "presque tout ce qui [lui] avait plu jusqu'alors" (16) but also to call into question the so-called "ordre de la nature" (13) and the universality of the supreme Enlightenment value: reason. "Mais qui peut dire ce que c'est que la raison?" she asks, "est-elle la même pour tout le monde?" (27). In sharp contrast with almost all other early Romantic protago-nists, Duras's heroine notes the specific social, historical, and political causes of her alienation and makes her story a vehicle for pointed social criticism. Thus, for Ourika, the "grand désordre" (18–19) brought about by the French Revolution provides a glimpse of a society reorganized according to principles of real equality, where she might find her rightful place. Soon after, however, Ourika sees in the violent opinions stirred by the Revolution only unenlightened self-interest—"des prétentions, des affectations ou des peurs" (19–20)—and denounces and fears the social and political upheaval the Revolution had set in motion.

While most Romantic heroes find in alienation proof of their superiority, Ourika desires equality and makes a claim for it on the basis of her similarity to others, not her difference from them. Nevertheless, French racial prejudices instill in her a self-hatred that makes her body, and her skin in particular, an object of revulsion to her. In a desperate attempt to remain unseen, she removes all the mirrors from her room. At a time when women in French high society exposed themselves in transparent white muslin gowns revealing equally pale skin, Ourika tells the doctor: "je portais toujours des gants; mes vêtements cachaient mon cou et mes bras, et j'avais adopté pour sortir, un grand chapeau avec un voile, que souvent même je gardais dans la maison" (27). By the time the doctor meets her, she has donned a long black veil and chosen the seclusion of the convent. Nevertheless, there is no escape from the other's "physionomie dédaigneuse," precisely because she has internalized that gaze: "je la voyais en rêve, je la voyais à chaque instant; elle se plaçait devant moi comme ma propre image" (28).

When openly confronted by Mme de B.'s friend, the marquise, who insists on knowing the cause of Ourika's distress, the heroine is fierce in her own defense: "Je n'ai point de secret, Madame, . . . ma position et ma couleur sont tout mon mal" (40). The marquise insists, however, that Ourika's problem is not society's racism but her unreciprocated passion for Charles, who is in love with someone else. Although Ourika strongly protests her innocence, she begins to wonder whether she is in fact guilty of illicit passion. Later Ourika defends her feelings for Charles as the unselfish love of a sister or mother, but her last words in the text identify the convent as the "seul lieu où il [lui] soit permis de penser sans cesse à [Charles] . . ." (45). By adding the complication of a love thwarted by social obstacles to the life story on which the novel is based, Duras follows the pattern of Romantic novels that use a love interest to heighten the pathos of the protagonist's situation. The introduction of romance makes the heroine's psychological dilemma even more complex, but at the same time it blunts the novel's social and political criticism precisely in the areas—gender and race—where *Ourika* departs most radically from the Romantic tradition.

As with most female protagonists, Ourika's horizon is limited by society's definitions of a woman's place and role. The far more explicitly feminist heroines of earlier novels like Françoise de Graffigny's *Lettres d'une Péruvienne* (1747) and de Staël's *Corinne* (1807) bridle against these restrictions and openly call them into question, but Ourika instead strongly protests her unjust exclusion from love and marriage. So great is her desire to have a family and be among her own people that she claims at one moment that she would prefer the horrors of slavery to her current status as outsider: "je serais la négresse esclave de quelque riche colon; brûlée par le soleil, je cultiverais la terre d'un autre: mais j'aurais mon humble cabane . . . j'aurais un compagnon de ma vie, et des enfants de ma couleur . . ." (38). Such a remark makes vivid the pain caused by "benevolent" paternalism and racial prejudice. Later, however, Ourika, who claims she felt a sympathetic affinity with the African slaves of Santo Domingo, says that once she heard they had risen up in violent revolt she condemned them as "une race de barbares et d'assassins" (20). Ourika's denunciation of the 1791 slave revolts is a far cry from the support that some white sympathizers of the time had declared for the rebellion. Does setting up slavery as a desirable alternative to marginalization diminish its horror, which abolitionists were attempting to impress on the public at the time the novel was published?

Duras's Senegalese heroine, raised, educated, and thoroughly socialized in France, is thus even more conservative than some of her white contemporaries. Identifying with the white society that excludes her, Ourika experiences her blackness as a kind of incurable malady to which she is ultimately resigned (Hoffmann 224). Desperately ill at the beginning of the doctor's frame narrative, Ourika claims nevertheless that she is happy. Rejecting the secular values of Mme de B. and her circle, Ourika found consolation in religion, a remedy to her dilemma that would have been particularly palatable to Duras's readers during the Restoration. Naming faith in a color-blind God as the source of her newfound resignation, she condemns her own distress and she dies soon after, "avec les dernières feuilles de l'automne" (45).

In *Ourika*, the outsider whose difference makes her critical of French society also serves as its spokesperson, a mirroring the heroine identifies as both pleasurable and demeaning. Though she acknowledges that she was loved, spoiled, and praised, she asserts that she was also for Mme de B. and her friends "un jouet, un amusement" (12) that reassured them of their supposed lack of prejudice. Until she finally decides to speak to the doctor,

Ourika confides in no one, not even Mme de B., because, she says, "les confidents sont presque toujours des accusateurs" (5). This comment suggests that even the narrative Ourika tells the doctor may not be, perhaps never could be, the whole story. Indeed, it is not she but the doctor who records, edits, and frames her words. Most important of all, Ourika is not the eighteenth-century African woman whose story originally inspired the work but a fiction created by the duchess of Duras in the 1820s. Is race in the novel used by Duras as a metaphor and "cure" for her own sense of alienation?[7]

Whatever the author's explicit intentions or unconscious motivations, the choices Duras made had and continue to have complex effects. Making the Romantic hero a woman, *Ourika* highlights the key role that gender plays in the representation of the alienated Romantic protagonist. Making her black as well, the novel shows race as a social construction and vigorously protests the injustices to which it gives rise. Despite its layers of narrative embedding and "othering," or perhaps precisely because of the complexities that result, *Ourika* uses Romantic empathy to shed new light on Enlightenment values and raises a multitude of questions: When and how is paternalism a form of cruelty? What combination of forces prevented Ourika from protesting injustice more explicitly before she retreated from the world? What made this story about the unthinking cruelty of upper-class white society so popular with that very society in the 1820s? And, finally, what will readers make of it today?

Margaret Waller
Pomona College

Notes

[1] When she moved from oral to written narration, Duras considerably expanded the true story on which *Ourika* was based. The child raised in the Hôtel de Beauvau (which now houses the French Ministry of the Interior) died when she was only sixteen.

[2] The obsession with *Ourika* even crossed national borders. For example, in 1826 Goethe wrote Alexander von Humboldt (who told Duras of the letter) that he had been "overwhelmed" by the novel (cited by Scheler 28n30).

[3] It is estimated that during the entire eighteenth century no more than one thousand to five thousand slaves reached French soil—hardly the "prodigious quantity" evoked by the 1777 Code Noir (Sala-Molins 220).

[4] I use the vocabulary that is more or less the equivalent in today's American English of the racial terminology chosen by Duras. In France in 1824, the most progressive usage referred to slaves as *noirs* (blacks). However, when Duras speaks of *nègres* and *négresses*, she is using a terminology that was not at all pejorative then, one that was still used by most abolitionists in their official speeches and one that would have been the only standard usage in the late eighteenth century, in which her novel is set. On the history of the French vocabulary of race, see Daget; and Delesalle and Valensi. Daget shows in particular both how politically charged and how unstable usage was: for instance, after the 1791 massacres in Santo Domingo, the term *noir* suddenly almost ceased to be used (535).

[5] Denise Virieux's, Grant Critchfield's, and Claudine Herrmann's works brought Duras to the attention of modern scholars; John Fowles's first English translation of *Ourika* appeared around the same time.

[6] For more on the differences between male and female authors' treatment of the *mal du siècle*, see Waller.

[7] See Pailhès; Herrmann; and Bertrand-Jennings.

WORKS BY
Claire de Duras

Ourika (1823). Published anonymously.

Edouard (1825). Published anonymously. Ed. Gérard Gengembre. Paris: Autrement, 1994.

Pensées de Louis XIV extraites de ses ouvrages et de ses lettres manuscrites. Paris: L. Passard, 1827.

Posthumous Works

Le frère ange (1829). Anonymous.

Réflexions et prières inédites. Paris: Debécourt, 1839.

Olivier, ou le secret. Ed. Denise Virieux. Paris: José Corti, 1971.

Unpublished Works

"Les mémoires de Sophie"

"Le moine, ou l'abbé du Mont Saint-Bernard"

SUGGESTIONS FOR FURTHER READING

Bertrand-Jennings, Chantal. "Condition féminine et impuissance sociale: Les romans de la duchesse de Duras." *Romantisme* 63 (1989): 39–50.

Crichfield, Grant. *Three Novels by Mme de Duras:* Ourika, Edouard, Olivier. The Hague: Mouton, 1975.

Daget, Serge. "Les mots esclave, nègre, Noir, et les jugements de valeur sur la traite négrière dans la littérature abolitionniste française de 1770 à 1845." *Revue française d'histoire d'outre-mer* 60 (1973): 511–48.

Delesalle, Simone, and Lucette Valensi. "Le mot 'nègre' dans les dictionnaires français d'ancien régime: Histoire et lexicographie." *Langue française* 15 (Sept. 1972): 79–104.

Herrmann, Claudine. Introduction. *Ourika.* By Claire de Duras. Paris: Femmes, 1979. 7–22.

Hoffmann, Léon-François. *Le nègre romantique: Personnage littéraire et obsession collective.* Paris: Payot, 1973.

Kadish, Doris, and Françoise Massardier-Kenney. *Translating Slavery: Gender and Race in French Women's Writing, 1783–1823.* Kent: Kent State UP, 1994.

Little, Roger. Presentation. *Ourika.* By Claire de Duras. Ed. Little. U of Exeter P, 1993. 27–67.

O'Connell, David. "*Ourika*: Black Face, White Mask." *French Review* 47 (1974): 47–56.

Pailhès, Abbé Gabriel. *La Duchesse de Duras et Chateaubriand d'après des documents inédits*. Paris: Perrin, 1910.

Sala-Molins, Louis. *Le Code Noir, ou, le Calvaire de Canaan*. Paris: PU de France, 1987.

Scheler, Lucien. "Un best-seller sous Louis XVIII: *Ourika* de Mme de Duras." *Bulletin du bibliophile* 1 (1988): 11–28.

Switzer, Richard. "Mme de Staël, Mme de Duras, and the Question of Race." *Kentucky Romance Quarterly* 20 (1973): 303–16.

Virieux, Denise. Introduction. *Olivier, ou le secret*. By Claire de Duras. Paris: Corti, 1971. 14–124.

Waller, Margaret. *The Male Malady: Fictions of Impotence in the French Romantic Novel*. New Brunswick: Rutgers UP, 1993.

A WORD ABOUT THE TEXT

For *Ourika*'s first edition in 1823, only twenty-five to forty copies were printed. We reprint the text of the second edition (Paris: Ladvocat, 1824), which is identical to that of the first edition. We have added—in brackets in the text (37)—a word ("part") left out by printer's error in both editions. A small number of changes that appear in some copies of the first edition may have been author's corrections. Since, however, these modifications were not carried over to the second edition and since none of them alters the text significantly, we have not included them here.[1] We have modernized the spelling of the 1824 edition, which is, in any case, close to modern French usage. (The most frequently encountered difference involves those plural endings now written "-ants" or "-ents," which are spelled "-ans" or "-ens" in the second edition.)

Ourika was frequently reedited and translated in the nineteenth century. In the twentieth century, the novel has been virtually impossible to obtain, except in the 1979 Editions des Femmes text, which, curiously, adds many archaic spellings not present in the original edition (in particular, verbs ending in "-ois" or "-oit" instead of the modern "-ais" or "-ait"). The University of Exeter Press has recently issued a critical edition of *Ourika* by Roger Little (1993).

Notes

We would like to acknowledge the research assistance of Nicholas Paige and Elizabeth Scognamillo.
[1]For the complete list of these emendations, see Scheler 17–18.

CLAIRE DE DURAS

Ourika

This is to be alone, this,
this is solitude!
　　　　—Byron

Introduction

*J'étais arrivé depuis peu de mois de Montpellier, et je suivais à
Paris la profession de la médecine, lorsque je fus appelé un matin
au faubourg Saint-Jacques, pour voir dans un couvent une jeune
religieuse malade. L'empereur Napoléon avait permis depuis
peu le rétablissement de quelques-uns de ces couvents: celui où
je me rendais était destiné à l'éducation de la jeunesse, et appar-
tenait à l'ordre des Ursulines. La Révolution avait ruiné une
partie de l'édifice; le cloître était à découvert d'un côté par la
démolition de l'antique église, dont on ne voyait plus que quelques arceaux. Une religieuse m'introduisit dans ce cloître, que
nous traversâmes en marchant sur de longues pierres plates, qui
formaient le pavé de ces galeries: je m'aperçus que c'étaient des
tombes, car elles portaient toutes des inscriptions pour la plupart effacées par le temps. Quelques-unes de ces pierres avaient
été brisées pendant la Révolution: la sœur me le fit remarquer,
en me disant qu'on n'avait pas encore eu le temps de les réparer.
Je n'avais jamais vu l'intérieur d'un couvent; ce spectacle était
tout nouveau pour moi. Du cloître nous passâmes dans le jardin,
où la religieuse me dit qu'on avait porté la sœur malade: en
effet, je l'aperçus à l'extrémité d'une longue allée de charmille;
elle était assise, et son grand voile noir l'enveloppait presque
tout entière. «Voici le médicin», dit la sœur, et elle s'éloigna au
même moment. Je m'approchai timidement, car mon cœur
s'était serré en voyant ces tombes, et je me figurais que j'allais
contempler une nouvelle victime des cloîtres; les préjugés de ma*

jeunesse venaient de se réveiller, et mon intérêt s'exaltait pour celle que j'allais visiter, en proportion du genre de malheur que je lui supposais. Elle se tourna vers moi, et je fus étrangement surpris en apercevant une négresse! Mon étonnement s'accrut encore par la politesse de son accueil et le choix des expressions dont elle se servait. «Vous venez voir une personne bien malade, me dit-elle: à présent je désire guérir, mais je ne l'ai pas toujours souhaité, et c'est peut-être ce qui m'a fait tant de mal.» Je la questionnai sur sa maladie. «J'éprouve, me dit-elle, une oppression continuelle, je n'ai plus de sommeil, et la fièvre ne me quitte pas.» Son aspect ne confirmait que trop cette triste description de son état: sa maigreur était excessive, ses yeux brillants et fort grands, ses dents, d'une blancheur éblouissante, éclairaient seuls sa physionomie; l'âme vivait encore, mais le corps était détruit, et elle portait toutes les marques d'un long et violent chagrin. Touché au delà de l'expression, je résolus de tout tenter pour la sauver; je commençai à lui parler de la nécessité de calmer son imagination, de se distraire, d'éloigner des sentiments pénibles. «Je suis heureuse, me dit elle; jamais je n'ai éprouvé tant de calme et de bonheur.» L'accent de sa voix était sincère, cette douce voix ne pouvait tromper; mais mon étonnement s'accroissait à chaque instant. «Vous n'avez pas toujours pensé ainsi, lui dis-je, et vous portez la trace de bien longues souffrances. — Il est vrai, dit-elle, j'ai trouvé bien tard le repos de mon cœur, mais à présent je suis heureuse. — Eh bien! s'il en est ainsi, repris-je, c'est le passé qu'il faut guérir; espérons que nous en viendrons à bout: mais ce passé, je ne puis le guérir sans le connaître. —

4

Hélas! répondit-elle, ce sont des folies!» En prononçant ces mots, une larme vint mouiller le bord de sa paupière. *«Et vous dites que vous êtes heureuse! m'écriai-je. — Oui, je le suis, reprit-elle avec fermeté, et je ne changerais pas mon bonheur contre le sort qui m'a fait autrefois tant d'envie. Je n'ai point de secret: mon malheur, c'est l'histoire de toute ma vie. J'ai tant souffert jusqu'au jour où je suis entrée dans cette maison, que peu à peu ma santé s'est ruinée. Je me sentais dépérir avec joie; car je ne voyais dans l'avenir aucune espérance. Cette pensée était bien coupable! vous le voyez, j'en suis punie; et lorsque enfin je sou-haite de vivre, peut-être que je ne le pourrai plus.»* Je la rassu-rai, je lui donnai des espérances de guérison prochaine; mais en prononçant ces paroles consolantes, en lui promettant la vie, je ne sais quel triste pressentiment m'avertissait qu'il était trop tard et que la mort avait marqué sa victime.

Je revis plusieurs fois cette jeune religieuse; l'intérêt que je lui montrais parut la toucher. Un jour, elle revint d'elle-même au sujet où je désirais la conduire. *«Les chagrins que j'ai éprouvés, dit-elle, doivent paraître si étranges, que j'ai toujours senti une grande répugnance à les confier: il n'y a point de juge des peines des autres, et les confidents sont presque toujours des accusa-teurs. — Ne craignez pas cela de moi, lui dis-je; je vois assez le ravage que le chagrin a fait en vous pour croire le vôtre sincère. — Vous le trouverez sincère, dit-elle, mais il vous paraîtra déraï-sonnable. — Et en admettant ce que vous dites, repris-je, cela exclut-il la sympathie? — Presque toujours, répondit-elle: cependant, si, pour me guérir, vous avez besoin de connaître les peines qui ont détruit ma santé, je vous les confierai quand nous nous connaîtrons un peu davantage.»*

Je rendis mes visites au couvent de plus en plus fréquentes; le traitement que j'indiquai parut produire quelque effet. Enfin, un jour de l'été dernier, la retrouvant seule dans le même berceau, sur le même banc où je l'avais vue la première fois, nous reprîmes la même conversation, et elle me conta ce qui suit.

Ourika

Je fus rapportée du Sénégal, à l'âge de deux ans, par M. le chevalier de B., qui en était gouverneur. Il eut pitié de moi, un jour qu'il voyait embarquer des esclaves sur un bâtiment négrier qui allait bientôt quitter le port: ma mère était morte, et on m'emportait dans le vaisseau, malgré mes cris. M. de B. m'acheta, et, à son arrivée en France, il me donna à Mme la maréchale de B., sa tante, la personne la plus aimable de son temps, et celle qui sut réunir, aux qualités les plus élevées, la bonté la plus touchante.

Me sauver de l'esclavage, me choisir pour bienfaitrice Mme de B., c'était me donner deux fois la vie: je fus ingrate envers la Providence en n'étant point heureuse; et cependant le bonheur résulte-t-il toujours de ces dons de l'intelligence? Je croirais plutôt le contraire: il faut payer le bienfait de savoir par le désir d'ignorer, et la fable ne nous dit pas si Galatée trouva le bonheur après avoir reçu la vie.

Je ne sus que longtemps après l'histoire des premiers jours de mon enfance. Mes plus anciens souvenirs ne me retracent que le salon de Mme de B.; j'y passais ma vie, aimée d'elle, caressée, gâtée par tous ses amis, accablée de présents, vantée, exaltée comme l'enfant le plus spirituel et le plus aimable.

Le ton de cette société était l'engouement, mais un engouement dont le bon goût savait exclure tout ce qui ressemblait à l'exagération: on louait tout ce qui prêtait à la louange, on excusait tout ce qui prêtait au blâme, et souvent, par une adresse encore plus aimable, on transformait en qualités les défauts mêmes. Le succès donne du courage; on valait près de Mme de B. tout ce qu'on pouvait valoir, et peut-être un peu plus, car elle prêtait quelque chose d'elle à ses amis sans s'en douter elle-même: en la voyant, en l'écoutant, on croyait lui ressembler.

Vêtue à l'orientale, assise aux pieds de Mme de B., j'écoutais, sans la comprendre encore, la conversation des hommes les plus distingués de ce temps-là. Je n'avais rien de la turbulence des enfants; j'étais pensive avant de penser, j'étais heureuse à côté de Mme de B.: aimer, pour moi, c'était être là, c'était l'entendre, lui obéir, la regarder surtout; je ne désirais rien de plus. Je ne pouvais m'étonner de vivre au milieu du luxe, de n'être entourée que des personnes les plus spirituelles et les plus aimables; je ne connaissais pas autre chose; mais, sans le savoir, je prenais un grand dédain pour tout ce qui n'était pas ce monde où je passais ma vie. Le bon goût est à l'esprit ce qu'une oreille juste est aux sons. Encore toute enfant, le manque de goût me blessait; je le sentais avant de pouvoir le définir, et l'habitude me l'avait rendu comme nécessaire. Cette disposition eût été dangereuse si j'avais eu un avenir; mais je n'avais pas d'avenir, et je ne m'en doutais pas.

J'arrivai jusqu'à l'âge de douze ans sans avoir eu l'idée qu'on pouvait être heureuse autrement que je ne l'étais. Je n'étais pas fâchée d'être une négresse: on me disait que j'étais charmante; d'ailleurs, rien ne m'avertissait que ce fût un désavantage; je ne voyais presque pas d'autres enfants; un seul était mon ami, et ma couleur noire ne l'empêchait pas de m'aimer.

Ma bienfaitrice avait deux petits-fils, enfants d'une fille qui était morte jeune. Charles, le cadet, était à peu près de mon âge. Élevé avec moi, il était mon protecteur, mon conseil et mon soutien dans toutes mes petites fautes. A sept ans, il alla au collège: je pleurai en le quittant; ce fut ma première peine. Je pensais souvent à lui, mais je ne le voyais presque plus. Il étudiait, et moi, de mon côté, j'apprenais, pour plaire à Mme de B., tout ce qui devait former une éducation parfaite. Elle voulut que j'eusse tous les talents: j'avais de la voix, les maîtres les plus habiles l'exercèrent; j'avais le goût de la peinture, et un peintre célèbre, ami de Mme de B., se chargea de diriger mes efforts; j'appris l'anglais, l'italien, et Mme de B. elle-même s'occupait de mes lectures. Elle guidait mon esprit, formait mon jugement: en causant avec elle, en décou-vrant tous les trésors de son âme, je sentais la mienne s'élever, et c'était l'admiration qui m'ouvrait les voies de l'intelligence. Hélas! je ne prévoyais pas que ces douces études seraient suivies de jours si amers; je ne pensais qu'à plaire à Mme de B.; un sourire d'approbation sur ses lèvres était tout mon avenir.

Cependant des lectures multipliées, celle des poètes surtout, commençaient à occuper ma jeune imagination;

mais, sans but, sans projet, je promenais au hasard mes pensées errantes, et, avec la confiance de mon jeune âge, je me disais que Mme de B. saurait bien me rendre heureuse: sa tendresse pour moi, la vie que je menais, tout prolongeait mon erreur et autorisait mon aveuglement. Je vais vous donner un exemple des soins et des préférences dont j'étais l'objet.

Vous aurez peut-être de la peine à croire, en me voyant aujourd'hui, que j'aie été citée pour l'élégance et la beauté de ma taille. Mme de B. vantait souvent ce qu'elle appelait ma grâce, et elle avait voulu que je susse parfaitement danser. Pour faire briller ce talent, ma bienfaitrice donna un bal dont ses petits-fils furent le prétexte, mais dont le véritable motif était de me montrer fort à mon avantage dans un quadrille des quatre parties du monde où je devais représenter l'Afrique. On consulta les voyageurs, on feuilleta les livres de costumes, on lut des ouvrages savants sur la musique africaine, enfin on choisit une *Comba*, danse nationale de mon pays. Mon danseur mit un crêpe sur son visage: hélas! je n'eus pas besoin d'en mettre sur le mien; mais je ne fis pas alors cette réflexion. Tout entière au plaisir du bal, je dansai la *Comba*, et j'eus tout le succès qu'on pouvait attendre de la nouveauté du spectacle et du choix des spectateurs, dont la plupart, amis de Mme de B., s'enthousiasmaient pour moi et croyaient lui faire plaisir en se laissant aller à toute la vivacité de ce sentiment. La danse d'ailleurs était piquante; elle se composait d'un mélange d'attitudes et de pas mesurés; on y peignait l'amour, la douleur, le triomphe et le désespoir. Je ne connaissais encore aucun de ces mouvements violents de l'âme; mais je ne sais quel instinct me les faisait deviner; enfin je réussis. On m'applaudit, on m'entoura, on m'accabla d'éloges: ce plaisir fut sans mélange; rien ne troublait alors ma sécurité. Ce fut peu de jours après ce bal qu'une conversation, que j'entendis par hasard, ouvrit mes yeux et finit ma jeunesse.

Il y avait dans le salon de Mme de B. un grand paravent de laque. Ce paravent cachait une porte; mais il s'étendait aussi près d'une des fenêtres, et, entre le paravent et la fenêtre, se trouvait une table où je dessinais quelquefois. Un jour, je finissais avec application une miniature; absorbée par mon travail, j'étais restée longtemps immobile, et sans doute Mme de B. me croyait sortie, lorsqu'on annonça une de ses amies, la marquise de... C'était une personne d'une raison froide, d'un esprit tranchant, positive jusqu'à la sécheresse; elle portait ce caractère dans l'amitié: les sacrifices ne lui coûtaient rien pour le bien et pour l'avantage de ses amis; mais elle leur faisait payer cher ce grand attachement. Inquisitive et difficile, son exigence égalait son dévouement, et elle était la moins aimable des amies de Mme de B. Je la craignais, quoiqu'elle fût bonne pour moi; mais elle l'était à sa manière: examiner, et même assez sévèrement, était pour elle un signe d'intérêt. Hélas! j'étais si accoutumée à la bienveillance, que la justice me semblait toujours redoutable. «Pendant que nous sommes seules, dit Mme de… à Mme de B., je veux vous parler d'Ourika: elle devient charmante, son esprit est tout à fait formé, elle causera comme vous, elle est pleine de talents, elle est piquante, naturelle; mais que deviendra-t-elle? et enfin qu'en ferez-vous? — Hélas! dit Mme de B., cette pensée m'occupe souvent, et, je vous l'avoue, toujours avec tristesse: je l'aime comme si elle était ma fille; je ferais tout pour la rendre heureuse; et cependant, lorsque je réfléchis à sa position, je la trouve sans remède. Pauvre Ourika! je la vois seule, pour toujours seule dans la vie!»

Il me serait impossible de vous peindre l'effet que produisit en moi ce peu de paroles; l'éclair n'est pas plus prompt: je vis tout; je me vis négresse, dépendante, méprisée, sans fortune, sans appui, sans un être de mon espèce à qui unir mon sort, jusqu'ici un jouet, un amusement pour ma bienfaitrice, bientôt rejetée d'un monde où je n'étais pas faite pour être admise. Une affreuse palpitation me saisit, mes yeux s'obscurcirent, le battement de mon cœur m'ôta un instant la faculté d'écouter encore; enfin je me remis assez pour entendre la suite de cette conversation.

«Je crains, disait Mme de…, que vous ne la rendiez malheureuse. Que voulez-vous qui la satisfasse, maintenant qu'elle a passé sa vie dans l'intimité de votre société? — Mais elle y restera, dit Mme de B. — Oui, reprit Mme de…, tant qu'elle est une enfant: mais elle a quinze ans; à qui la marierez-vous, avec l'esprit qu'elle a et l'éducation que vous lui avez donnée? Qui voudra jamais épouser une négresse? Et si, à force d'argent, vous trouvez quelqu'un qui consente à avoir des enfants nègres, ce sera un homme d'une condition inférieure, et avec qui elle se trouvera malheureuse. Elle ne peut vouloir que de ceux qui ne voudront pas d'elle. — Tout cela est vrai, dit Mme de B.; mais heureusement elle ne s'en doute point encore, et elle a pour moi un attachement, qui, j'espère, la préservera longtemps de juger sa position. Pour la rendre heureuse, il eût fallu en faire une personne commune: je crois sincèrement que cela était impossible. Eh bien! peut-être sera-t-elle assez distinguée pour se placer au-dessus de son sort, n'ayant pu rester au-dessous. — Vous vous faites des chimères, dit Mme de…: la philosophie nous place au-dessus des maux de la fortune, mais elle ne peut rien contre les maux qui viennent d'avoir brisé l'ordre de la nature. Ourika n'a pas rempli sa destinée: elle s'est placée dans la société sans sa permission; la société se vengera. — Assurément, dit Mme de B., elle est bien innocente de ce crime; mais vous êtes sévère pour cette pauvre enfant. — Je lui veux plus de bien que vous, reprit Mme de…; je désire son bonheur, et vous la perdez.» Mme de B. répondit avec impatience, et j'allais être la cause d'une querelle entre les deux amies, quand on annonça une visite: je me glissai derrière le paravent; je m'échappai; je courus dans ma chambre, où un déluge de larmes soulagea un instant mon pauvre cœur.

C'était un grand changement dans ma vie, que la perte de ce prestige qui m'avait environnée jusqu'alors! Il y a des illusions qui sont comme la lumière du jour; quand on les perd, tout disparaît avec elles. Dans la confusion des nouvelles idées qui m'assaillaient, je ne retrouvais plus rien de ce qui m'avait occupée jusqu'alors: c'était un abîme avec toutes ses terreurs. Ce mépris dont je me voyais poursuivie; cette société où j'étais déplacée; cet homme qui, à prix d'argent, consentirait peut-être que ses enfants fussent nègres! toutes ces pensées s'élevaient successivement comme des fantômes et s'attachaient sur moi comme des furies: l'isolement surtout; cette conviction que j'étais seule, pour toujours seule dans la vie, Mme de B. l'avait dit; et à chaque instant je me répétais, seule! pour toujours seule! La veille encore, que m'importait d'être seule? je n'en savais rien; je ne le sentais pas; j'avais besoin de ce que j'aimais, je ne songeais pas que ce que j'aimais n'avait pas besoin de moi. Mais à présent, mes yeux étaient ouverts, et le malheur avait déjà fait entrer la défiance dans mon âme.

Quand je revins chez Mme de B., tout le monde fut frappé de mon changement; on me questionna: je dis que j'étais malade; on le crut. Mme de B. envoya chercher Barthez, qui m'examina avec soin, me tâta le pouls, et dit brusquement que je n'avais rien. Mme de B. se rassura, et

14

essaya de me distraire et de m'amuser. Je n'ose dire combien j'étais ingrate pour ces soins de ma bienfaitrice; mon
âme s'était comme resserrée en elle-même. Les bienfaits
qui sont doux à recevoir, sont ceux dont le cœur s'acquitte:
le mien était rempli d'un sentiment trop amer pour se
répandre au dehors. Des combinaisons infinies des mêmes
pensées occupaient tout mon temps; elles se reprodui-
saient sous mille formes différentes: mon imagination leur
prêtait les couleurs les plus sombres; souvent mes nuits
entières se passaient à pleurer. J'épuisais ma pitié sur moi-
même; ma figure me faisait horreur, je n'osais plus me
regarder dans une glace; lorsque mes yeux se portaient
sur mes mains noires, je croyais voir celles d'un singe; je
m'exagérais ma laideur, et cette couleur me paraissait
comme le signe de ma réprobation; c'est elle qui me sépa-
rait de tous les êtres de mon espèce, qui me condamnait
à être seule, toujours seule! jamais aimée! Un homme, à
prix d'argent, consentirait peut-être que ses enfants fussent nègres! Tout mon sang se soulevait d'indignation à
cette pensée. J'eus un moment l'idée de demander à
Mme de B. de me renvoyer dans mon pays; mais là encore
j'aurais été isolée: qui m'aurait entendue, qui m'aurait
comprise? Hélas! je n'appartenais plus à personne; j'étais
étrangère à la race humaine tout entière!

Ce n'est que bien longtemps après que je compris la
possibilité de me résigner à un tel sort. Mme de B. n'était
point dévote; je devais à un prêtre respectable, qui m'avait

instruite pour ma première communion, ce que j'avais de sentiments religieux. Ils étaient sincères comme tout mon caractère; mais je ne savais pas que, pour être profitable, la piété a besoin d'être mêlée à toutes les actions de la vie: la mienne avait occupé quelques instants de mes journées, mais elle était demeurée étrangère à tout le reste. Mon confesseur était un saint vieillard, peu soupçonneux; je le voyais deux ou trois fois par an, et, comme je n'imaginais pas que des chagrins fussent des fautes, je ne lui parlais pas de mes peines. Elles altéraient sensiblement ma santé; mais, chose étrange! elles perfectionnaient mon esprit. Un sage d'Orient a dit: «Celui qui n'a pas souffert, que sait-il?» Je vis que je ne savais rien avant mon malheur; mes impressions étaient toutes des sentiments; je ne jugeais pas; j'aimais: les discours, les actions, les personnes plaisaient ou déplaisaient à mon cœur. A présent, mon esprit s'était séparé de ces mouvements involontaires: le chagrin est comme l'éloignement, il fait juger l'ensemble des objets. Depuis que je me sentais étrangère à tout, j'étais devenue plus difficile, et j'examinais, en le critiquant, presque tout ce qui m'avait plu jusqu'alors.

Cette disposition ne pouvait échapper à Mme de B.; je n'ai jamais su si elle en devina la cause. Elle craignait peut-être d'exalter ma peine en me permettant de la confier: mais elle me montrait encore plus de bonté que de coutume; elle me parlait avec un entier abandon, et, pour me distraire de mes chagrins, elle m'occupait de ceux qu'elle avait elle-même. Elle jugeait bien mon cœur; je ne pouvais en effet me rattacher à la vie, que par l'idée d'être nécessaire ou du moins utile à ma bienfaitrice. La pensée qui me poursuivait le plus, c'est que j'étais isolée sur la terre, et que je pouvais mourir sans laisser de regrets dans le cœur de personne. J'étais injuste pour Mme de B.; elle m'aimait, elle me l'avait assez prouvé; mais elle avait des intérêts qui passaient bien avant moi. Je n'enviais pas sa tendresse à ses petits-fils, surtout à Charles; mais j'aurais voulu pouvoir dire comme eux: Ma mère!

Les liens de famille surtout me faisaient faire des retours bien douloureux sur moi-même, moi qui jamais ne devais être la sœur, la femme, la mère de personne! Je me figurais dans ces liens plus de douceur qu'ils n'en ont peut-être, et je négligeais ceux qui m'étaient permis, parce que je ne pouvais atteindre à ceux-là. Je n'avais point d'amie, personne n'avait ma confiance: ce que j'avais pour Mme de B. était plutôt un culte qu'une affection; mais je crois que je sentais pour Charles tout ce qu'on éprouve pour un frère.

Il était toujours au collège, qu'il allait bientôt quitter pour commencer ses voyages. Il partait avec son frère aîné et son gouverneur, et ils devaient visiter l'Allemagne, l'Angleterre et l'Italie; leur absence devait durer deux ans. Charles était charmé de partir; et moi, je ne fus affligée qu'au dernier moment; car j'étais toujours bien aise de ce qui lui faisait plaisir. Je ne lui avais rien dit de toutes les idées qui m'occupaient; je ne le voyais jamais seul, et il m'aurait fallu bien du temps pour lui expliquer ma peine: je suis sûre qu'alors il m'aurait comprise. Mais il avait, avec son air doux et grave, une disposition à la moquerie, qui me rendait timide: il est vrai qu'il ne l'exerçait guère que sur les ridicules de l'affectation; tout ce qui était sincère le désarmait. Enfin je ne lui dis rien. Son départ, d'ailleurs, était une distraction, et je crois que cela me faisait du bien de m'affliger d'autre chose que de ma douleur habituelle.

Ce fut peu de temps après le départ de Charles, que la Révolution prit un caractère plus sérieux: je n'entendais parler tout le jour, dans le salon de Mme de B., que des grands intérêts moraux et politiques que cette Révolution remua jusque dans leur source; ils se rattachaient à ce qui avait occupé les esprits supérieurs de tous les temps. Rien n'était plus capable d'étendre et de former mes idées, que le spectacle de cette arène où des hommes distingués remettaient chaque jour en question tout ce qu'on avait pu croire jugé jusqu'alors. Ils approfondissaient tous les sujets, remontaient à l'origine de toutes les institutions, mais trop souvent pour tout ébranler et pour tout détruire.

Croiriez-vous que, jeune comme j'étais, étrangère à tous les intérêts de la société, nourrissant à part ma plaie secrète, la Révolution apporta un changement dans mes idées, fit naître dans mon cœur quelques espérances, et suspendit un moment mes maux? tant on cherche vite ce qui peut consoler! J'entrevis donc que, dans ce grand désordre, je pourrais trouver ma place; que toutes les fortunes renversées, tous les rangs confondus, tous les préjugés évanouis, amèneraient peut-être un état de choses où je serais moins étrangère; et que si j'avais quelque supériorité d'âme, quelque qualité cachée, on l'apprécierait lorsque ma couleur ne m'isolerait plus au milieu du monde, comme elle avait fait jusqu'alors. Mais il arriva que ces qualités mêmes que je pouvais me trouver, s'opposèrent vite à mon illusion: je ne pus désirer longtemps beaucoup de mal pour un peu de bien personnel. D'un autre côté, j'apercevais les ridicules de ces personnages qui voulaient maîtriser les événements; je jugeais les petitesses de leurs caractères, je devinais leurs vues secrètes; bientôt leur fausse philanthropie cessa de m'abuser, et je renonçai à l'espérance, en voyant qu'il resterait encore assez de mépris pour moi au milieu de tant d'adversités. Cependant je m'intéressais toujours à ces discussions animées; mais elles ne tardèrent pas à perdre ce qui faisait leur plus grand charme. Déjà le temps n'était plus où l'on ne songeait qu'à plaire, et où la première condition pour y réussir était l'oubli des succès de son amour-propre: lorsque la Révolution cessa d'être une belle théorie et qu'elle toucha aux intérêts intimes de chacun, les conversations dégénérèrent en disputes, et l'aigreur, l'amertume et les personnalités prirent la place de la raison. Quelquefois, malgré ma tristesse, je m'amusais de toutes ces violentes opinions, qui n'étaient, au fond, presque jamais que des prétentions, des affectations ou des peurs: mais la gaieté qui vient de l'observation des ridicules, ne fait pas de bien; il y a trop de malignité dans cette gaieté, pour qu'elle puisse réjouir le cœur qui ne se plaît que dans les joies innocentes. On peut avoir cette gaieté moqueuse, sans cesser d'être malheureux; peut-être même le malheur rend-il plus susceptible de l'éprouver, car l'amertume dont l'âme se nourrit, fait l'aliment habituel de ce triste plaisir.

L'espoir sitôt détruit que m'avait inspiré la Révolution, n'avait point changé la situation de mon âme; toujours mécontente de mon sort, mes chagrins n'étaient adoucis que par la confiance et les bontés de Mme de B. Quelque-fois, au milieu de ces conversations politiques dont elle ne pouvait réussir à calmer l'aigreur, elle me regardait tristement; ce regard était un baume pour mon cœur; il semblait me dire: Ourika, vous seule m'entendez!

On commençait à parler de la liberté des nègres: il était impossible que cette question ne me touchât pas vivement; c'était une illusion que j'aimais encore à me faire, qu'ailleurs, du moins, j'avais des semblables: comme ils étaient malheureux, je les croyais bons, et je m'intéres-sais à leur sort. Hélas! je fus promptement détrompée! Les massacres de Saint-Domingue me causèrent une douleur nouvelle et déchirante: jusqu'ici je m'étais affli-gée d'appartenir à une race proscrite; maintenant j'avais honte d'appartenir à une race de barbares et d'assassins.

Cependant la Révolution faisait des progrès rapides; on s'effrayait en voyant les hommes les plus violents s'emparer de toutes les places. Bientôt il parut que ces hommes étaient décidés à ne rien respecter: les affreuses journées du 20 juin et du 10 août durent préparer à tout. Ce qui restait de la société de Mme de B. se dispersa à cette époque: les uns fuyaient les persécutions dans les pays étrangers; les autres se cachaient ou se retiraient en province. Mme de B. ne fit ni l'un ni l'autre; elle était fixée chez elle par l'occupation constante de son cœur: elle resta avec un souvenir et près d'un tombeau.

Nous vivions depuis quelques mois dans la solitude, lorsque, à la fin de l'année 1792, parut le décret de confiscation des biens des émigrés. Au milieu de ce désastre général, Mme de B. n'aurait pas compté la perte de sa fortune, si elle n'eût appartenu à ses petits-fils; mais, par des arrangements de famille, elle n'en avait que la jouissance. Elle se décida donc à faire revenir Charles, le plus jeune des deux frères, et à envoyer l'aîné, âgé de près de vingt ans, à l'armée de Condé. Ils étaient alors en Italie, et achevaient ce grand voyage, entrepris, deux ans auparavant, dans des circonstances bien différentes. Charles arriva à Paris au commencement de février 1793, peu de temps après la mort du Roi.

Ce grand crime avait causé à Mme de B. la plus violente douleur; elle s'y livrait tout entière, et son âme était assez forte, pour proportionner l'horreur du forfait à l'immensité du forfait même. Les grandes douleurs, dans la vieillesse, ont quelque chose de frappant: elles ont pour elles l'autorité de la raison. Mme de B. souffrait avec toute l'énergie de son caractère; sa santé en était altérée, mais je n'imaginais pas qu'on pût essayer de la consoler, ou même de la distraire. Je pleurais, je m'unissais à ses sentiments, j'essayais d'élever mon âme pour la rapprocher de la sienne, pour souffrir du moins autant qu'elle et avec elle.

Je ne pensai presque pas à mes peines, tant que dura la Terreur; j'aurais eu honte de me trouver malheureuse en présence de ces grandes infortunes: d'ailleurs, je ne me sentais plus isolée depuis que tout le monde était malheureux. L'opinion est comme une patrie; c'est un bien dont on jouit ensemble; on est frère pour la soutenir et pour la défendre. Je me disais quelquefois, que moi, pauvre négresse, je tenais pourtant à toutes les âmes élevées, par le besoin de la justice que j'éprouvais en commun avec elles: le jour du triomphe de la vertu et de la vérité serait un jour de triomphe pour moi comme pour elles: mais, hélas! ce jour était bien loin.

Aussitôt que Charles fut arrivé, Mme de B. partit pour la campagne. Tous ses amis étaient cachés ou en fuite; sa société se trouvait presque réduite à un vieil abbé que, depuis dix ans, j'entendais tous les jours se moquer de la religion, et qui à présent s'irritait qu'on eût vendu les biens du clergé, parce qu'il y perdait vingt mille livres de rente. Cet abbé vint avec nous à Saint-Germain. Sa société était douce, ou plutôt elle était tranquille: car son calme n'avait rien de doux; il venait de la tournure de son esprit, plutôt que de la paix de son cœur.

Mme de B. avait été toute sa vie dans la position de rendre beaucoup de services: liée avec M. de Choiseul, elle avait pu, pendant ce long ministère, être utile à bien des gens. Deux des hommes les plus influents pendant la Terreur avaient des obligations à Mme de B.; ils s'en souvinrent et se montrèrent reconnaissants. Veillant sans cesse sur elle, ils ne permirent pas qu'elle fût atteinte; ils risquèrent plusieurs fois leurs vies pour dérober la sienne aux fureurs révolutionnaires: car on doit remarquer qu'à cette époque funeste, les chefs mêmes des partis les plus violents ne pouvaient faire un peu de bien sans danger; il semblait, que sur cette terre désolée, on ne pût régner que par le mal, tant lui seul donnait et ôtait la puissance. Mme de B. n'alla point en prison; elle fut gardée chez elle, sous prétexte de sa mauvaise santé. Charles, l'abbé et moi, nous restâmes auprès d'elle et nous lui donnions tous nos soins.

Rien ne peut peindre l'état d'anxiété et de terreur des journées que nous passâmes alors, lisant chaque soir, dans les journaux, la condamnation et la mort des amis de Mme de B., et tremblant à tout instant que ses protecteurs n'eussent plus le pouvoir de la garantir du même sort. Nous sûmes qu'en effet elle était au moment de périr, lorsque la mort de Robespierre mit un terme à tant d'horreurs. On respira; les gardes quittèrent la maison de Mme de B., et nous restâmes tous quatre dans la même solitude, comme on se retrouve, j'imagine, après une grande calamité à laquelle on a échappé ensemble. On aurait cru que tous les liens s'étaient resserrés par le malheur: j'avais senti que là, du moins, je n'étais pas étrangère.

Si j'ai connu quelques instants doux dans ma vie, depuis la perte des illusions de mon enfance, c'est l'époque qui suivit ces temps désastreux. Mme de B. possédait au suprême degré ce qui fait le charme de la vie intérieure: indulgente et facile, on pouvait tout dire devant elle; elle savait deviner ce que voulait dire ce qu'on avait dit. Jamais une interprétation sévère ou infidèle ne venait glacer la confiance; les pensées passaient pour ce qu'elles valaient; on n'était responsable de rien. Cette qualité eût fait le bonheur des amis de Mme de B., quand bien même elle n'eût possédé que celle-là. Mais combien d'autres grâces n'avait-elle pas encore! Jamais on ne sentait de vide ni d'ennui dans sa conversation; tout lui servait d'aliment: l'intérêt qu'on prend aux petites choses, qui est de la futilité dans les personnes communes, est la source de mille plaisirs avec une personne distinguée; car c'est le propre des esprits supérieurs, de faire quelque chose de rien. L'idée la plus ordinaire devenait féconde si elle passait par la bouche de Mme de B.; son esprit et sa raison savaient la revêtir de mille nouvelles couleurs.

Charles avait des rapports de caractère avec Mme de B., et son esprit aussi ressemblait au sien, c'est-à-dire qu'il était ce que celui de Mme de B. avait dû être, juste, ferme, étendu, mais sans modifications; la jeunesse ne les connaît pas: pour elle, tout est bien, ou, tout est mal, tandis que l'écueil de la vieillesse est souvent de trouver, que rien n'est tout à fait bien, et rien tout à fait mal. Charles avait les deux belles passions de son âge, la justice et la vérité. J'ai dit qu'il haïssait jusqu'à l'ombre de l'affectation; il avait le défaut d'en voir quelquefois où il n'y en avait pas. Habituellement contenu, sa confiance était flatteuse; on voyait qu'il la donnait, qu'elle était le fruit de l'estime, et non le penchant de son caractère: tout ce qu'il accordait avait du prix, car presque rien en lui n'était involontaire, et tout cependant était naturel. Il comptait tellement sur moi, qu'il n'avait pas une pensée qu'il ne me dît aussitôt. Le soir, assis autour d'une table, les conversations étaient infinies: notre vieil abbé y tenait sa place; il s'était fait un enchaînement si complet d'idées fausses, et il les soutenait avec tant de bonne foi, qu'il était une source inépuisable d'amusement pour Mme de B., dont l'esprit juste et lumineux faisait admirablement ressortir les absurdités du pauvre abbé, qui ne se fâchait jamais; elle jetait tout au travers de son *ordre d'idées*, de grands traits de bon sens que nous comparions aux grands coups d'épée de Roland ou de Charlemagne.

Mme de B. aimait à marcher; elle se promenait tous les matins dans la forêt de Saint-Germain, donnant le bras à l'abbé; Charles et moi nous la suivions de loin. C'est alors qu'il me parlait de tout ce qui l'occupait, de ses projets, de ses espérances, de ses idées sur tout, sur les choses, sur les hommes, sur les événements. Il ne me cachait rien, et il ne se doutait pas qu'il me confiât quelque chose. Depuis si longtemps il comptait sur moi, que mon amitié était pour lui comme sa vie; il en jouissait sans la sentir; il ne me demandait ni intérêt ni attention; il savait bien qu'en me parlant de lui, il me parlait de moi, et que j'étais plus *lui* que lui-même: charme d'une telle confiance, vous pouvez tout remplacer, remplacer le bonheur même!

Je ne pensais jamais à parler à Charles de ce qui m'avait tant fait souffrir; je l'écoutais, et ces conversations avaient sur moi je ne sais quel effet magique, qui amenait l'oubli de mes peines. S'il m'eût questionnée, il m'en eût fait souvenir; alors je lui aurais tout dit: mais il n'imaginait pas que j'avais aussi un secret. On était accoutumé à me voir souffrante; et Mme de B. faisait tant pour mon bonheur qu'elle devait me croire heureuse. J'aurais dû l'être; je me le disais souvent; je m'accusais d'ingratitude ou de folie; je ne sais si j'aurais osé avouer jusqu'à quel point ce mal sans remède de ma couleur me rendait malheureuse. Il y a quelque chose d'humiliant à ne pas savoir se soumettre à la nécessité: aussi, ces douleurs, quand elles maîtrisent l'âme, ont tous les caractères du désespoir. Ce qui m'intimidait aussi avec Charles, c'est cette tournure un peu sévère de ses idées. Un soir, la conversation s'était établie sur la pitié, et on se demandait si les chagrins inspirent plus d'intérêt par leurs résultats ou par leurs causes. Charles s'était prononcé pour la cause; il pensait donc qu'il fallait que toutes les douleurs fussent raisonnables. Mais qui peut dire ce que c'est que la raison? est-elle la même pour tout le monde? tous les cœurs ont-ils tous, les mêmes besoins? et le malheur n'est-il pas la privation des besoins du cœur?

Il était rare cependant que nos conversations du soir me ramenassent ainsi à moi-même; je tâchais d'y penser le moins que je pouvais; j'avais ôté de ma chambre tous les miroirs, je portais toujours des gants; mes vêtements cachaient mon cou et mes bras, et j'avais adopté, pour sortir, un grand chapeau avec un voile, que souvent même je gardais dans la maison. Hélas! je me trompais ainsi moi-même: comme les enfants, je fermais les yeux, et je croyais qu'on ne me voyait pas.

Vers la fin de l'année 1795, la Terreur était finie, et l'on commençait à se retrouver; les débris de la société de Mme de B. se réunirent autour d'elle, et je vis avec peine le cercle de ses amis s'augmenter. Ma position était si fausse dans le monde, que plus la société rentrait dans son ordre naturel, plus je m'en sentais dehors. Toutes les fois que je voyais arriver chez Mme de B. des personnes qui n'y étaient pas encore venues, j'éprouvais un nouveau tourment. L'expression de surprise mêlée de dédain que j'observais sur leur physionomie, commençait à me troubler; j'étais sûre d'être bientôt l'objet d'un aparté dans l'embrasure de la fenêtre, ou d'une conversation à voix basse: car il fallait bien se faire expliquer comment une négresse était admise dans la société intime de Mme de B. Je souffrais le martyre pendant ces éclaircissements; j'aurais voulu être transportée dans ma patrie barbare, au milieu des sauvages qui l'habitent, moins à craindre pour moi que cette société cruelle qui me rendait responsable du mal qu'elle seule avait fait. J'étais poursuivie, plusieurs jours de suite, par le souvenir de cette physionomie dédaigneuse; je la voyais en rêve, je la voyais à chaque instant; elle se plaçait devant moi comme ma propre image. Hélas! elle était celle des chimères dont je me laissais obséder! Vous ne m'aviez pas encore appris, ô mon Dieu! à conjurer ces fantômes; je ne savais pas qu'il n'y a de repos qu'en vous.

A présent, c'était dans le cœur de Charles que je cherchais un abri; j'étais fière de son amitié, je l'étais encore plus de ses vertus; je l'admirais comme ce que je connaissais de plus parfait sur la terre. J'avais cru autrefois aimer Charles comme un frère; mais depuis que j'étais toujours souffrante, il me semblait que j'étais vieillie, et que ma tendresse pour lui ressemblait plutôt à celle d'une mère. Une mère, en effet, pouvait seule éprouver ce désir passionné de son bonheur, de ses succès; j'aurais volontiers donné ma vie pour lui épargner un moment de peine. Je voyais bien avant lui l'impression qu'il produisait sur les autres; il était assez heureux pour ne s'en pas soucier: c'est tout simple; il n'avait rien à en redouter, rien ne lui avait donné cette inquiétude habituelle que j'éprouvais sur les pensées des autres; tout était harmonie dans son sort, tout était désaccord dans le mien.

Un matin, un ancien ami de Mme de B. vint chez elle; il était chargé d'une proposition de mariage pour Charles: Mlle de Thémines était devenue, d'une manière bien cruelle, une riche héritière; elle avait perdu le même jour, sur l'échafaud, sa famille entière; il ne lui restait plus qu'une grande tante, autrefois religieuse, et qui, devenue tutrice de Mlle de Thémines, regardait comme un devoir de la marier, et voulait se presser, parce qu'ayant plus de quatre-vingts ans, elle craignait de mourir et de laisser ainsi sa nièce seule et sans appui dans le monde. Mlle de Thémines réunissait tous les avantages de la naissance, de la fortune et de l'éducation; elle avait seize ans; elle était belle comme le jour: on ne pouvait hésiter. Mme de B. en parla à Charles, qui d'abord fut un peu effrayé de se marier si jeune: bientôt il désira voir Mlle de Thémines; l'entre-vue eut lieu, et alors il n'hésita plus. Anaïs de Thémines possédait en effet tout ce qui pouvait plaire à Charles: jolie sans s'en douter, et d'une modestie si tranquille, qu'on voyait qu'elle ne devait qu'à la nature cette charmante vertu. Mme de Thémines permit à Charles d'aller chez elle, et bientôt il devint passionnément amoureux. Il me racontait les progrès de ses sentiments: j'étais impatiente de voir cette belle Anaïs, destinée à faire le bonheur de

Charles. Elle vint enfin à Saint-Germain; Charles lui avait parlé de moi; je n'eus point à supporter d'elle ce coup d'œil dédaigneux et scrutateur qui me faisait toujours tant de mal: elle avait l'air d'un ange de bonté. Je lui promis qu'elle serait heureuse avec Charles; je la rassurai sur sa jeunesse, je lui dis qu'à vingt et un ans il avait la raison solide d'un âge bien plus avancé. Je répondis à toutes ses questions: elle m'en fit beaucoup, parce qu'elle savait que je connaissais Charles depuis son enfance; et il m'était si doux d'en dire du bien, que je ne me lassais pas d'en parler.

Les arrangements d'affaires retardèrent de quelques semaines la conclusion du mariage. Charles continuait à aller chez Mme de Thémines, et souvent il restait à Paris deux ou trois jours de suite: ces absences m'affligeaient, et j'étais mécontente de moi-même, en voyant que je préférais mon bonheur à celui de Charles; ce n'est pas ainsi que j'étais accoutumée à aimer. Les jours où il revenait, étaient des jours de fête: il me racontait ce qui l'avait occupé; et s'il avait fait quelques progrès dans le cœur d'Anaïs, je m'en réjouissais avec lui. Un jour pourtant il me parla de la manière dont il voulait vivre avec elle: «Je veux obtenir toute sa confiance, me dit-il, et lui donner toute la mienne; je ne lui cacherai rien, elle saura toutes mes pensées, elle connaîtra tous les mouvements secrets de mon cœur; je veux qu'il y ait entre elle et moi une confiance comme la nôtre, Ourika.» Comme la nôtre!

Ce mot me fit mal; il me rappela que Charles ne savait pas le seul secret de ma vie, et il m'ôta le désir de le lui confier. Peu à peu les absences de Charles devinrent plus longues; il n'était presque plus à Saint-Germain que des instants; il venait à cheval pour mettre moins de temps en chemin, il retournait l'après-dînée à Paris; de sorte que tous les soirs se passaient sans lui. Mme de B. plaisantait souvent de ces longues absences; j'aurais bien voulu faire comme elle!

Un jour, nous nous promenions dans la forêt. Charles avait été absent presque toute la semaine: je l'aperçus tout à coup à l'extrémité de l'allée où nous marchions; il venait à cheval, et très vite. Quand il fut près de l'endroit où nous étions, il sauta à terre et se mit à se promener avec nous: après quelques minutes de conversation générale, il resta en arrière avec moi, et nous recommençâmes à causer comme autrefois; j'en fis la remarque. «Comme autrefois! s'écria-t-il; ah! quelle différence! avais-je donc quelque chose à dire dans ce temps-là? Il me semble que je n'ai commencé à vivre que depuis deux mois. Ourika, je ne vous dirai jamais ce que j'éprouve pour elle! Quelque-fois je crois sentir que mon âme tout entière va passer dans la sienne. Quand elle me regarde, je ne respire plus; quand elle rougit, je voudrais me prosterner à ses pieds pour l'adorer. Quand je pense que je vais être le protecteur de cet ange, qu'elle me confie sa vie, sa destinée; ah! que je suis glorieux de la mienne! Que je la rendrai heureuse! Je

31

serai pour elle le père, la mère qu'elle a perdus: mais je serai aussi son mari, son amant! Elle me donnera son premier amour; tout son cœur s'épanchera dans le mien; nous vivrons de la même vie, et je ne veux pas que, dans le cours de nos longues années, elle puisse dire qu'elle ait passé une heure sans être heureuse. Quelles délices, Ourika, de penser qu'elle sera la mère de mes enfants, qu'ils puiseront la vie dans le sein d'Anaïs! Ah! ils seront doux et beaux comme elle! Qu'ai-je fait, ô Dieu! pour mériter tant de bonheur!»

Hélas! j'adressais en ce moment au ciel une question toute contraire! Depuis quelques instants, j'écoutais ces paroles passionnées avec un sentiment indéfinissable. Grand Dieu! vous êtes témoin que j'étais heureuse du bonheur de Charles: mais pourquoi avez-vous donné la vie à la pauvre Ourika? pourquoi n'est-elle pas morte sur ce bâtiment négrier d'où elle fut arrachée, ou sur le sein de sa mère? Un peu de sable d'Afrique eût recouvert son corps, et ce fardeau eût été bien léger! Qu'importait au monde qu'Ourika vécût? Pourquoi était-elle condamnée à la vie? C'était donc pour vivre seule, toujours seule, jamais aimée! O mon Dieu, ne le permettez pas! Retirez de la terre la pauvre Ourika! Personne n'a besoin d'elle: n'est-elle pas seule dans la vie? Cette affreuse pensée me saisit avec plus de violence qu'elle n'avait encore fait. Je me sentis fléchir, je tombai sur les genoux, mes yeux se fermèrent, et je crus que j'allais mourir.

En achevant ces paroles, l'oppression de la pauvre religieuse parut s'augmenter; sa voix s'altéra, et quelques larmes coulèrent le long de ses joues flétries. Je voulus l'engager à suspendre son récit; elle s'y refusa. «Ce n'est rien, me dit-elle; maintenant le chagrin ne dure pas dans mon cœur: la racine en est coupée. Dieu a eu pitié de moi; il m'a retirée lui-même de cet abîme où je n'étais tombée que faute de le connaître et de l'aimer. N'oubliez donc pas que je suis heureuse: mais, hélas! ajouta-t-elle, je ne l'étais point alors.»

Jusqu'à l'époque dont je viens de vous parler, j'avais supporté mes peines; elles avaient altéré ma santé, mais j'avais conservé ma raison et une sorte d'empire sur moi-même: mon chagrin, comme le ver qui dévore le fruit, avait commencé par le cœur; je portais dans mon sein le germe de la destruction, lorsque tout était encore plein de vie au dehors de moi. La conversation me plaisait, la discussion m'animait; j'avais même conservé une sorte de gaieté d'esprit; mais j'avais perdu les joies du cœur. Enfin jusqu'à l'époque dont je viens de vous parler, j'étais plus forte que mes peines; je sentais qu'à présent mes peines seraient plus fortes que moi.

Charles me rapporta dans ses bras jusqu'à la maison; là tous les secours me furent donnés, et je repris connaissance. En ouvrant les yeux, je vis Mme de B. à côté de mon lit; Charles me tenait une main; ils m'avaient soignée eux-mêmes, et je vis sur leurs visages un mélange

d'anxiété et de douleur qui pénétra jusqu'au fond de mon
âme: je sentis la vie revenir en moi; mes pleurs coulèrent.
Mme de B. les essuyait doucement; elle ne me disait rien,
elle ne me faisait point de questions: Charles m'en accabla. Je ne sais ce que je lui répondis; je donnai pour cause
à mon accident le chaud, la longueur de la promenade: il
me crut, et l'amertume rentra dans mon âme en voyant
qu'il me croyait: mes larmes se séchèrent; je me dis qu'il
était donc bien facile de tromper ceux dont l'intérêt était
ailleurs; je retirai ma main qu'il tenait encore, et je cher-
chai à paraître tranquille. Charles partit, comme de coutume, à cinq heures; j'en fus blessée; j'aurais voulu qu'il
fût inquiet de moi: je souffrais tant! Il serait parti de
même, je l'y aurais forcé; mais je me serais dit, qu'il me
devait le bonheur de sa soirée, et cette pensée m'eût
consolée. Je me gardai bien de montrer à Charles ce
mouvement de mon cœur; les sentiments délicats ont
une sorte de pudeur; s'ils ne sont devinés, ils sont incom-
plets: on dirait qu'on ne peut les éprouver qu'à deux.

A peine Charles fut-il parti, que la fièvre me prit avec
une grande violence; elle augmenta les deux jours sui-
vants. Mme de B. me soignait avec sa bonté accoutumée;
elle était désespérée de mon état, et de l'impossibilité de
me faire transporter à Paris, où le mariage de Charles
l'obligeait à se rendre le lendemain. Les médecins dirent
à Mme de B. qu'ils répondaient de ma vie si elle me lais-
sait à Saint-Germain; elle s'y résolut, et elle me montra en

partant une affection si tendre, qu'elle calma un moment mon cœur. Mais après son départ, l'isolement complet, réel, où je me trouvais pour la première fois de ma vie, me jeta dans un profond désespoir. Je voyais se réaliser cette situation que mon imagination s'était peinte tant de fois; je mourais loin de ce que j'aimais, et mes tristes gémissements ne parvenaient pas même à leurs oreilles: hélas! ils eussent troublé leur joie. Je les voyais, s'abandonnant à toute l'ivresse du bonheur, loin d'Ourika mourante. Ourika n'avait qu'eux dans la vie; mais eux n'avaient pas besoin d'Ourika: personne n'avait besoin d'elle! Cet affreux sentiment de l'inutilité de l'existence, est celui qui déchire le plus profondément le cœur: il me donna un tel dégoût de la vie, que je souhaitai sincèrement mourir de la maladie dont j'étais attaquée. Je ne parlais pas, je ne donnais presque aucun signe de connaissance, et cette seule pensée était bien distincte en moi: *je voudrais mourir.* Dans d'autres moments, j'étais plus agitée; je me rappelais tous les mots de cette dernière conversation que j'avais eue avec Charles dans la forêt; je le voyais nageant dans cette mer de délices qu'il m'avait dépeinte, tandis que je mourais abandonnée, seule dans la mort comme dans la vie. Cette idée me donnait une irritation plus pénible encore que la douleur. Je me créais des chimères pour satisfaire à ce nouveau sentiment; je me représentais Charles arrivant à Saint-Germain; on lui disait: Elle est morte. Eh bien! le croiriez-vous? je jouissais de sa douleur;

elle me vengeait; et de quoi? grand Dieu! de ce qu'il avait été l'ange protecteur de ma vie? Cet affreux sentiment me fit bientôt horreur; j'entrevis que si la douleur n'était pas une faute, s'y livrer comme je le faisais pouvait être criminel. Mes idées prirent alors un autre cours; j'essayai de me vaincre, de trouver en moi-même une force pour combattre les sentiments qui m'agitaient; mais je ne la cherchais point, cette force, où elle était. Je me fis honte de mon ingratitude. Je mourrai, me disais-je, je veux mourir; mais je ne veux pas laisser les passions haineuses approcher de mon cœur. Ourika est un enfant déshérité; mais l'innocence lui reste: je ne la laisserai pas se flétrir en moi par l'ingratitude. Je passerai sur la terre comme une ombre; mais, dans le tombeau, j'aurai la paix. O mon Dieu! ils sont déjà bien heureux: eh bien! donnez-leur encore la part d'Ourika, et laissez-la mourir comme la feuille tombe en automne. N'ai-je donc pas assez souffert!

Je ne sortis de la maladie qui avait mis ma vie en danger, que pour tomber dans un état de langueur où le chagrin avait beaucoup de part. Mme de B. s'établit à Saint-Germain après le mariage de Charles; il y venait souvent accompagné d'Anaïs, jamais sans elle. Je souffrais toujours davantage quand ils étaient là. Je ne sais si l'image du bonheur me rendait plus sensible ma propre infortune, ou si la présence de Charles réveillait le souvenir de notre ancienne amitié; je cherchais quelquefois à le retrouver, et je ne le reconnaissais plus. Il me disait pourtant à peu près tout ce qu'il me disait autrefois: mais son amitié présente ressemblait à son amitié passée, comme la fleur artificielle ressemble à la fleur véritable: c'est la même chose, hors la vie et le parfum.

Charles attribuait au dépérissement de ma santé le changement de mon caractère; je crois que Mme de B. jugeait mieux le triste état de mon âme, qu'elle devinait mes tourments secrets, et qu'elle en était vivement affligée: mais le temps n'était plus où je consolais les autres; je n'avais plus pitié que de moi-même.

Anaïs devint grosse, et nous retournâmes à Paris: ma tristesse augmentait chaque jour. Ce bonheur intérieur si paisible, ces liens de famille si doux! cet amour dans l'innocence, toujours aussi tendre, aussi passionné; quel spectacle pour une malheureuse destinée à passer sa triste vie dans l'isolement! à mourir sans avoir été aimée, sans avoir connu d'autres liens, que ceux de la dépendance et de la pitié! Les jours, les mois se passaient ainsi; je ne prenais [part] à aucune conversation, j'avais abandonné tous mes talents; si je supportais quelques lectures, c'étaient celles où je croyais retrouver la peinture imparfaite des chagrins qui me dévoraient. Je m'en faisais un nouveau poison, je m'enivrais de mes larmes; et, seule dans ma chambre pendant des heures entières, je m'abandonnais à ma douleur.

La naissance d'un fils mit le comble au bonheur de Charles; il accourut pour me le dire, et dans les transports de sa joie, je reconnus quelques accents de son ancienne confiance. Qu'ils me firent mal! Hélas! c'était la voix de l'ami que je n'avais plus! et tous les souvenirs du passé, venaient à cette voix, déchirer de nouveau ma plaie.

L'enfant de Charles était beau comme Anaïs; le tableau de cette jeune mère avec son fils touchait tout le monde: moi seule, par un sort bizarre, j'étais condamnée à le voir avec amertume; mon cœur dévorait cette image d'un bonheur que je ne devais jamais connaître, et l'envie, comme le vautour, se nourrissait dans mon sein. Qu'avais-je fait à ceux qui crurent me sauver en m'amenant sur cette terre d'exil? Pourquoi ne me laissait-on pas suivre mon sort? Eh bien! je serais la négresse esclave de quelque riche colon; brûlée par le soleil, je cultiverais la terre d'un autre: mais j'aurais mon humble cabane pour me retirer le soir; j'aurais un compagnon de ma vie, et des enfants de ma couleur, qui m'appelleraient: Ma mère! ils appuieraient sans dégoût leur petite bouche sur mon front; ils reposeraient leur tête sur mon cou, et s'endormiraient dans mes bras! Qu'ai-je fait pour être condamnée à n'éprouver jamais les affections pour lesquelles seules mon cœur est créé! O mon Dieu! ôtez-moi de ce monde; je sens que je ne puis plus supporter la vie.

A genoux dans ma chambre, j'adressais au Créateur cette prière impie, quand j'entendis ouvrir ma porte: c'était l'amie de Mme de B., la marquise de...., qui était revenue depuis peu d'Angleterre, où elle avait passé plusieurs années. Je la vis avec effroi arriver près de moi; sa vue me rappelait toujours que, la première, elle m'avait révélé mon sort; qu'elle m'avait ouvert cette mine de douleurs où j'avais tant puisé. Depuis qu'elle était à Paris, je ne la voyais qu'avec un sentiment pénible.

«Je viens vous voir et causer avec vous, ma chère Ourika, me dit-elle. Vous savez combien je vous aime depuis votre enfance, et je ne puis voir, sans une véritable peine, la mélancolie dans laquelle vous vous plongez. Est-il possible, avec l'esprit que vous avez, que vous ne sachiez pas tirer un meilleur parti de votre situation? — L'esprit, Madame, lui répondis-je, ne sert guère, qu'à augmenter les maux véritables; il les fait voir sous tant de formes diverses! — Mais reprit-elle, lorsque les maux sont sans remède, n'est-ce pas une folie de refuser de s'y soumettre, et de lutter ainsi contre la nécessité? car enfin, nous ne sommes pas les plus forts. — Cela est vrai, dis-je; mais il me semble que, dans ce cas, la nécessité est un mal de plus. — Vous conviendrez pourtant, Ourika, que la raison conseille alors de se résigner et de se distraire. — Oui, Madame; mais, pour se distraire, il faut entrevoir ailleurs l'espérance. — Vous pourriez du moins vous faire des goûts et des occupations pour remplir votre temps. — Ah! Madame, les goûts qu'on se fait, sont un effort, et ne sont pas un plaisir. — Mais, dit-elle encore, vous êtes remplie de talents. — Pour que les talents soient une ressource, Madame, lui répondis-je, il faut se proposer un but; mes talents seraient comme la fleur du poète anglais,* qui perdait son parfum dans le désert. — Vous oubliez vos amis qui en jouiraient. — Je n'ai point d'amis, Madame; j'ai des protecteurs, et cela est bien différent! — Ourika, dit-elle, vous vous rendez bien malheureuse, et bien inutilement. — Tout est inutile dans ma vie, Madame, même ma douleur. — Comment pouvez-vous prononcer un mot si amer! vous, Ourika, qui vous êtes montrée si dévouée, lorsque vous restiez seule à Mme de B. pendant la Terreur? — Hélas! Madame, je suis comme ces génies malfaisants qui n'ont de pouvoir que dans les temps de calamités, et que le bonheur fait fuir. — Confiez-moi votre secret, ma chère Ourika; ouvrez-moi votre cœur; personne ne prend à vous plus d'intérêt que moi, et peut-être que je vous ferai du bien. — Je n'ai point de secret, Madame, lui répondis-je, ma position et ma couleur sont tout mon mal, vous le savez. — Allons donc, reprit-elle, pouvez-vous nier que vous renfermez au fond de votre âme une grande peine? Il ne faut que vous voir un instant pour en être sûr.» Je persistai à lui dire ce que je lui avais déjà dit; elle s'impatienta, éleva la voix; je vis que l'orage allait éclater. «Est-ce là votre bonne foi, dit-elle? cette sincérité pour laquelle on vous vante? Ourika, prenez-y garde; la réserve quelquefois conduit à la fausseté. — Eh! que pourrais-je vous confier, Madame, lui

---

* "[B]orn to blush unseen / And waste its sweetness on the desert air." Thomas Gray, "Elegy Written in a Country Churchyard" (1751).

dis-je, à vous surtout qui, depuis si longtemps avez prévu quel serait le malheur de ma situation? A vous, moins qu'à personne, je n'ai rien de nouveau à dire là-dessus. — C'est ce que vous ne me persuaderez jamais, répliqua-t-elle; mais puisque vous me refusez votre confiance, et que vous assurez que vous n'avez point de secret, eh bien! Ourika, je me chargerai de vous apprendre que vous en avez un. Oui, Ourika, tous vos regrets, toutes vos douleurs ne viennent que d'une passion malheureuse, d'une passion insensée; et si, vous n'étiez pas folle d'amour pour Charles, vous prendriez fort bien votre parti d'être négresse. Adieu, Ourika, je m'en vais, et, je vous le déclare, avec bien moins d'intérêt pour vous que je n'en avais apporté en venant ici.» Elle sortit en achevant ces paroles. Je demeurai anéantie. Que venait-elle de me révéler? Quelle lumière affreuse avait-elle jetée sur l'abîme de mes douleurs! Grand Dieu! c'était comme la lumière qui pénétra une fois au fond des enfers, et qui fit regretter les ténèbres à ses malheureux habitants. Quoi! j'avais une passion criminelle! c'est elle qui, jusqu'ici, dévorait mon cœur! Ce désir de tenir ma place dans la chaîne des êtres, ce besoin des affections de la nature, cette douleur de l'isolement, c'étaient les regrets d'un amour coupable! et lorsque je croyais envier l'image du bonheur, c'est le bonheur lui-même qui était l'objet de mes vœux impies! Mais qu'ai-je donc fait pour qu'on puisse me croire atteinte de cette passion sans espoir? Est-il donc impossible d'aimer plus que sa vie avec innocence? Cette mère qui se jeta dans la gueule du lion pour sauver son fils, quel sentiment l'animait? Ces frères, ces sœurs qui voulurent mourir ensemble sur l'échafaud, et qui priaient Dieu avant d'y monter, était-ce donc un amour coupable qui les unissait? L'humanité seule ne produit-elle pas tous les jours des dévouements sublimes? Pourquoi donc ne pourrais-je aimer ainsi Charles, le compagnon de mon enfance, le protecteur de ma jeunesse?... Et cependant, je ne sais quelle voix crie au fond de moi-même, qu'on a raison, et que je suis criminelle. Grand Dieu! je vais donc recevoir aussi le remords dans mon cœur désolé! Il faut qu'Ourika connaisse tous les genres d'amertume, qu'elle épuise toutes les douleurs! Quoi! mes larmes désormais seront coupables! il me sera défendu de penser à lui! quoi! je n'oserai plus souffrir!

Ces affreuses pensées me jetèrent dans un accablement qui ressemblait à la mort. La même nuit, la fièvre me prit, et, en moins de trois jours, on désespéra de ma vie: le médecin déclara que, si l'on voulait me faire recevoir mes sacrements, il n'y avait pas un instant à perdre. On envoya chercher mon confesseur; il était mort depuis peu de jours. Alors Mme de B. fit avertir un prêtre de la paroisse; il vint et m'administra l'extrême-onction, car j'étais hors d'état de recevoir le viatique; je n'avais aucune connaissance, et on attendait ma mort à chaque instant. C'est sans doute alors que Dieu eut pitié de moi; il commença par

42

me conserver la vie: contre toute attente, mes forces se soutinrent. Je luttai ainsi environ quinze jours; ensuite la connaissance me revint. Mme de B. ne me quittait pas, et Charles paraissait avoir retrouvé pour moi son ancienne affection. Le prêtre continuait à venir me voir chaque jour, car il voulait profiter du premier moment pour me confesser: je le désirais moi-même; je ne sais quel mouvement me portait vers Dieu, et me donnait le besoin de me jeter dans ses bras et d'y chercher le repos. Le prêtre reçut l'aveu de mes fautes: il ne fut point effrayé de l'état de mon âme; comme un vieux matelot, il connaissait toutes ces tempêtes. Il commença par me rassurer sur cette passion dont j'étais accusée: «Votre cœur est pur, me dit-il: c'est à vous seule que vous avez fait du mal; mais vous n'en êtes pas moins coupable. Dieu vous demandera compte de votre propre bonheur qu'il vous avait confié; qu'en avez-vous fait? Ce bonheur était entre vos mains, car il réside dans l'accomplissement de nos devoirs; les avez-vous seulement connus? Dieu est le but de l'homme: quel a été le vôtre? Mais ne perdez pas courage; priez Dieu, Ourika: il est là, il vous tend les bras; il n'y a pour lui ni nègres ni blancs: tous les cœurs sont égaux devant ses yeux, et le vôtre mérite de devenir digne de lui.» C'est ainsi que cet homme respectable encourageait la pauvre Ourika. Ces paroles simples portaient dans mon âme je ne sais quelle paix que je n'avais jamais connue; je les méditais sans cesse, et, comme d'une mine féconde, j'en tirais toujours quelque nouvelle réflexion. Je vis qu'en effet je n'avais point connu mes devoirs: Dieu en a prescrit aux personnes isolées comme à celles qui tiennent au monde; s'il les a privées des liens du sang, il leur a donné l'humanité tout entière pour famille. La sœur de la charité, me disais-je, n'est point seule dans la vie, quoiqu'elle ait renoncé à tout; elle s'est créé une famille de choix; elle est la mère de tous les orphelins, la fille de tous les pauvres vieillards, la sœur de tous les malheureux. Des hommes du monde n'ont-ils pas souvent cherché un isolement volontaire? Ils voulaient être seuls avec Dieu; ils renonçaient à tous les plaisirs pour adorer, dans la solitude, la source pure de tout bien et de tout bonheur; ils travaillaient, dans le secret de leur pensée, à rendre leur âme digne de se présenter devant le Seigneur. C'est pour vous, ô mon Dieu! qu'il est doux d'embellir ainsi son cœur, de le parer, comme pour un jour de fête, de toutes les vertus qui vous plaisent. Hélas! qu'avais-je fait? Jouet insensé des mouvements involontaires de mon âme, j'avais couru après les jouissances de la vie, et j'en avais négligé le bonheur. Mais il n'est pas encore trop tard; Dieu, en me jetant sur cette terre étrangère, voulut peut-être me prédestiner à lui; il m'arracha à la barbarie, à l'ignorance; par un miracle de sa bonté, il me déroba aux vices de l'esclavage, et me fit connaître sa loi: cette loi me montre tous mes devoirs; elle m'enseigne ma route: je la suivrai, ô mon Dieu! je ne me servirai plus de vos bienfaits pour vous offenser, je ne vous accuserai plus de mes fautes.

Ce nouveau jour sous lequel j'envisageais ma position fit rentrer le calme dans mon cœur. Je m'étonnais de la paix qui succédait à tant d'orages: on avait ouvert une issue à ce torrent qui dévastait ses rivages, et maintenant il portait ses flots apaisés dans une mer tranquille.

Je me décidai à me faire religieuse. J'en parlai à Mme de B.; elle s'en affligea, mais elle me dit: «Je vous ai fait tant de mal en voulant vous faire du bien, que je ne me sens pas le droit de m'opposer à votre résolution.» Charles fut plus vif dans sa résistance; il me pria, il me conjura de rester; je lui dis: Laissez-moi aller, Charles, dans le seul lieu où il me soit permis de penser sans cesse à vous…

Ici la jeune religieuse finit brusquement son récit. Je continuai à lui donner des soins: malheureusement ils furent inutiles; elle mourut à la fin d'octobre; elle tomba avec les dernières feuilles de l'automne.